JE NE SUIS PLUS INQUIET

ACTES SUD – PAPIERS
Éditorial : Claire David

Également disponible en livre numérique

ISBN 978-2-330-13657-4

JE NE SUIS PLUS INQUIET

Scali Delpeyrat

AU SINGULIER

— Salle d'attente —

J'étais dans la salle d'attente d'un cabinet médical. Il régnait dans la pièce le silence particulier des malades qui attendent de voir le docteur. C'est là, dans ce silence, entouré d'une dizaine de personnes, que je me suis laissé aller à un des actes les plus incongrus de mon existence. J'ai siffloté. J'ai siffloté dans la plus parfaite inconscience et sans aucune retenue pendant bien vingt secondes. Autant dire une éternité. C'est le regard discrètement affligé de la dame assise en face de moi qui me fit revenir à moi-même. Comment avais-je pu faire une chose pareille ? Siffloter dans une pièce aussi exiguë, entouré de personnes silencieuses et probablement malades ?

— Comme un chien —

Manger seul chez moi est une épreuve quotidienne. C'est pourquoi je dépense une part déraisonnable de mes revenus dans un restaurant où j'ai mes habitudes. À mon arrivée c'est toujours la même serveuse qui m'accueille en me posant toujours la même question, "Vous êtes seul ?". Invariablement je lui réponds "Oui". Et invariablement elle m'accompagne jusqu'à ma table préférée, quand elle est libre. L'autre jour, alors que la même serveuse sacrifiait au même rituel "Vous êtes seul ?", je me suis entendu lui dire "Oui seul comme un chien !". Elle a continué son chemin vers la table et d'un air impassible m'a répondu "Oh, faut pas dire ça". J'espérais de sa part un petit sourire, un signe de surprise ou de complicité, mais sa réponse m'invitait clairement à "ne pas dire ça", en somme à me taire. Je me suis soudain senti seul comme un chien.

— Puisse durer —

Si je devais décrire une des particularités de ma vie amoureuse, un de ses aspects les plus significatifs, en dehors d'avoir été insatisfaisante et malheureuse, j'en dirais ceci. Pour que ça puisse durer, que ça puisse continuer, que ça puisse tout simplement être, il faut d'abord que ça finisse, que ça finisse une bonne fois pour toutes, et une fois que c'est fini, une fois que c'est derrière, une fois que c'est du passé, ça peut exister, ça existe de manière définitive, c'est tout le temps présent. C'est ainsi que me retournant sur les histoires que j'ai appelées "mes histoires d'amour", essayant de comprendre les sentiments qui m'ont lié à toutes les femmes que j'ai appelées "les femmes de ma vie", je vois bien que je me suis appliqué avec rigueur et constance à ne tomber amoureux que de femmes qui n'étaient pas amoureuses de moi, du moins pas très amoureuses ou moins amoureuses de moi que je ne l'étais d'elles, du moins amoureuses de manière ambivalente.

— Minuterie —

J'étais dans les toilettes du restaurant où j'ai mes habitudes. J'ai découvert à mes dépens que l'éclairage venait d'être couplé à une minuterie quand je me suis retrouvé, pantalon ouvert et sexe à la main, dans la plus parfaite obscurité. Le cadre inélégant des water-closets fit place à une nuit profonde et enveloppante. Je goûtais quelques instants à l'étonnante douceur de la situation quand mon téléphone se mit à vibrer, affichant le nom de ma mère. Inquiété par l'heure de son appel, j'ai répondu sans attendre. D'emblée elle me demanda "Est-ce que tu seras à Paris la semaine prochaine ?". À peine avais-je dit "Oui" qu'elle enchaîna, "J'accompagne papa à l'hôpital de Villejuif". Le noir enveloppant des cabinets donnait aux paroles de ma mère un étrange relief, rendait l'instant irréel et concentré. Elle précisa, "Il y a une tache sur ses poumons et sur certains de ses os". Il y eut un silence puis j'ai dit "Oh la la". Un autre silence et j'ai demandé "Papa souffre ?". Ma mère s'est mise à pleurer. J'ai bredouillé "Tu sais, à Villejuif, ce sont les meilleurs". Elle m'a simplement répondu qu'ils arrivaient le mercredi suivant à treize heures quarante-cinq, gare Montparnasse. "J'y serai maman." Après avoir raccroché, je suis resté un moment sans bouger, toujours dans le noir, sexe dehors, tandis qu'entre-temps mon pantalon était tombé sur mes chevilles.

— Adopter —

J'avais passé des années à vouloir adopter un chat sans me décider à le faire. Ce jour-là enfin j'allais passer à l'acte. Je l'avais repéré sur le site internet de la Société de protection des animaux. À la différence de beaucoup d'autres chats sur les photos, il n'y avait dans ses yeux aucune trace de malice ou de prédation, seulement de la douceur et une légère tristesse. Après être allé le voir une première fois dans sa famille d'accueil, j'y retournai muni d'une sacoche de transport afin de le ramener chez moi. En chemin, je fus pris d'une crise de panique. Pour me calmer je dus descendre de la rame de métro et m'asseoir sur le quai. Après dix minutes d'hébétement, je décidai d'envoyer le même SMS à plusieurs de mes amis : "Pardon de te déranger un dimanche matin mais je suis un peu angoissé. Penses-tu que ce soit une bonne idée que j'adopte ce chat ?" Au bout de cinq minutes, sans réponse, j'envoyai un deuxième SMS : "S'il te plaît réponds-moi, c'est urgent." Finalement, un quart d'heure plus tard, une amie m'a répondu : "Ce chat fera de toi l'homme le plus heureux du monde." L'idée me parut incongrue. Mais, entre adopter un chat et devenir l'homme le plus heureux du monde, adopter un chat me sembla soudain une chose facile à faire.

— *A conversation piece* —

Convier des gens à dîner chez moi pourrait paraître la solution contre l'ennui que j'éprouve à y dîner seul mais la responsabilité de préparer un dîner à des convives m'angoisse et surtout m'épuise. Au moment où la soirée commence, j'ai envie d'aller me coucher. Moi d'ordinaire si friand de bavardages, je suis à mes propres dîners un piètre animateur. Heureusement, il y a chez moi beaucoup d'objets à regarder, des bibelots en tout genre, qui suscitent la curiosité de mes invités, et peuvent donner lieu à des débuts de conversations. Je pense en particulier à un objet posé sur le meuble de ma salle à manger. C'est une télécommande encadrée dans un petit coffrage. Les Anglais ont une expression pour ça, *a conversation piece*. Un objet singulier posé en un endroit visible de tous et qui éveillera la curiosité de chacun ; un objet pour commencer la conversation. Ce n'était pourtant pas l'intention initiale lorsque j'avais placé la télécommande encadrée sur le meuble de la salle à manger, mais au fil du temps j'ai constaté à ma grande surprise que cet objet suscitait beaucoup d'intérêt. "Tiens… Qu'est-ce que c'est ?" Je réponds de manière concise "Une télécommande. – Mais, encadrée ? – Oui. – Tu as trouvé ça où ? – Nulle part. – Comment ça nulle part ? – C'est moi qui l'ai fait faire. – Tu as fait encadrer une télécommande ? – Oui. – Et pourquoi tu as fait ça ? – Ah ! Bonne question." Depuis le temps que je réponds à cette question, je commence à comprendre pourquoi, en vérité, j'eus un jour l'idée saugrenue de faire encadrer la vieille télécommande.

— Pas d'enfant —

Trois jours après l'arrivée chez moi du petit chat, incertain de mon aptitude à m'occuper de lui, je téléphone à l'amie qui me croit capable d'être l'homme le plus heureux du monde. Elle me réconforte avec des mots simples et posés, "Nourris-le, soigne-le, aime-le, joue avec lui. Crois-moi, il n'a pas besoin de plus". Ces paroles m'apaisent. Voyant que je commence à me détendre, mon amie ajoute "C'est un animal de compagnie. Il est là pour te tenir compagnie, pas le contraire". Cette observation a pour effet de relancer ma nervosité. Sur le fond, je ne suis pas en désaccord avec ses propos, mais je veux pourtant lui faire entendre que – je me cite – "L'expression « animal de compagnie » assigne l'animal à une fonction prophylactique, le désignant comme instrument au service de la personne humaine, tu comprends ?".

Mon amie ne se laisse pas impressionner par mes arguments et me lance "Je dis « animal de compagnie » pour te faire comprendre que c'est un chat, pas un enfant". Cette réflexion me cloue sur place. Moi qui n'ai pas d'enfant, je ne sais que répondre. Je fais de grands efforts pour ne pas lui crier "Il est tellement mignon ce petit chat ! Je suis son père ! Je SUIS son père !". Mais je me ravise et réponds gentiment "Je vois très bien ce que tu veux dire. Tu as tout à fait raison". Une fois le téléphone raccroché, je regarde le chat et lui dis "Mon petit bébé".

— Habitacle —

Mon père m'emmenait souvent à l'école en camionnette. La particularité de cette camionnette était l'exiguïté de son habitacle. Mon père conduisait, je regardais la route, mais nous ne parlions pas. Nous étions assis l'un à côté de l'autre, dans un petit espace, et dans un grand silence. J'ai dès mon plus jeune âge été conscient du silence qui régnait dans cette camionnette. Je pensais que mon père ne me parlait pas précisément en raison de l'exiguïté de l'habitacle. La proximité devait lui rendre les choses trop sensibles, trop présentes. Dans une pièce de théâtre diffusée à la télévision, j'avais entendu l'expression "pudeur paternelle". Je me disais que ça devait être ça, la pudeur paternelle, ne pas pouvoir parler avec son fils dans une camionnette. Cependant, quand il conduisait, mon père faisait des commentaires sur la circulation, “Y a toujours des travaux dans cette avenue de la République… Et ce feu rouge qui dure une plombe… Regardez-moi comment il conduit celui-là… Bien sûr c’est un Arabe”. Quand il n’avait plus rien à dire sur la circulation, soit il allumait la radio, soit le plus souvent il sifflotait.

— La petite présence —

Ce jour-là, j’écoutais FIP. J’aime bien FIP. Il n’y a pas de publicité sur FIP. Leur programmation musicale est souvent surprenante. C’était la fin d’un titre de Django Reinhardt auquel a succédé un morceau de musique orientale. Après un prélude orchestral en violons, cithares et tambourins, la voix d’une chanteuse fit irruption avec ce qui paraissait n’être qu’une longue syllabe plaintive mais s’avéra une parole entière que la mélodie faisait traîner en longueur. C’est à ce moment-là qu’il m’apparut clairement que cette parole était de l’arabe. La chanteuse orientale – rien d’étonnant à cela – chantait en arabe. Mais à ma grande surprise, et sans comprendre pourquoi, cela me bouleversa. Je fondis en larmes. Entendre l’arabe me faisait pleurer toutes les larmes de mon corps.

— Vivre ma vie —

Du fait que ma difficulté à manger seul se double d’une réticence à convier des gens chez moi, on pourrait supposer que mon idéal est d'être convié à manger chez les autres. La réalité n'est pas aussi simple. J'apprécie beaucoup d'être invité à des dîners en ville mais au moment de m'y rendre, je suis pris de la peur soudaine de ne plus savoir comment m'y comporter. C'est pourquoi, quelques minutes avant de frapper à la porte de mes hôtes, j'ai besoin de m'adonner à une véritable préparation mentale. Je passe en revue tous les comportements que je devrai adopter durant la soirée et ceux qu'il me faudra éviter. C'est un peu comme la check-list avant de faire décoller l'avion. Être de bonne humeur, check. / Du moins sourire, check. / Écouter les gens, check. / Poser des questions aux gens, check. / Se souvenir du prénom des gens, check. / Ne pas trop manger, ne pas trop boire, impossible mais check. / Éviter de tenir des propos confus, difficile mais check. / Éviter de tenir des propos salaces, dommage mais check. / Ne pas donner l'impression de faire la cour à une convive en présence de son conjoint, check. / Ne pas donner l'impression de faire la cour à son conjoint, check. / Si l'écrasante majorité des invités prétend avoir adoré tel ou tel film que j'ai quant à moi détesté, ce qui arrive souvent, me dispenser d'en faire part à l'assemblée des adorateurs, très important, check. / Essayer de vivre ma vie, on verra, check.

— Le premier rendez-vous —

C'était mon premier rendez-vous en ville avec elle. Elle, la femme que j'ai longtemps autorisée à me faire souffrir. Nous nous étions vus chez l'un chez l'autre, jamais à l'extérieur. Je devais la rejoindre place des Vosges à dix-neuf heures un soir de la semaine, la veille elle m'appela pour me dire "Un ami est mort. Nous l'enterrons demain. Il y aura un apéritif dans son appartement. Ça tombe mal pour notre rendez-vous". J'ai bredouillé "Oui, ça tombe mal pour notre rendez-vous mais…". Je voulais surtout lui dire que j'étais désolé pour son ami, elle m'a coupé en me disant "Rejoins-moi à l'apéritif, non ?". J'ai dit "D'accord". Le lendemain, je suis donc arrivé dans un grand loft où se déroulait l'apéritif en l'honneur du mort. Je l'ai cherchée parmi une centaine de personnes. Puis je l'ai aperçue qui parlait à un petit groupe de femmes. J'ai fait irruption le plus discrètement possible "Bonsoir". Elle m'a présenté en disant à ses comparses "Voici l'homme que j'embrasse…". Elles ont souri. On voyait que la tristesse les avait fatiguées mais elles pouvaient encore sourire. Je remarquais autour de moi que le deuil rendait ces gens disponibles et ouverts. Personne n'avait à faire bonne figure. Il était permis, grâce au mort, d'être sombre ou silencieux. Cela donnait à l'atmosphère de cet apéritif une grande douceur. Dès que la femme que j'ai longtemps autorisée à me faire souffrir et moi-même fûmes seul à seul près de la table où se trouvaient le vin et les amuse-gueules, je lui ai dit "Toutes mes condoléances". C'était notre premier rendez-vous dans Paris et c'était la première chose que je disais ; toutes mes condoléances.

— Ascendante et descendante —

Dans une rame de métro, en chemin vers la gare Montparnasse, où je rejoignais mes parents, j'ai commencé à m'intéresser aux voix enregistrées annonçant les stations. J'étais intrigué par la manière singulière dont ces annonces avaient été conçues. Le nom de chaque station est dit deux fois consécutivement et de manière presque musicale. La première annonce est proclamée de façon ascendante et ouverte, "Place de Clichy", tandis que la deuxième l'est de manière descendante et fermée, "Place de Clichy". C'était exactement la même mélodie pour les stations Blanche, Pigalle, Anvers ou Barbès-Rochechouart. "Blanche / Blanche, Barbès-Rochechouart / Barbès-Rochechouart." Je me suis d'abord amusé de cette petite musique, la répétant plusieurs fois du bout des lèvres, mais peu à peu la récurrence de la mélodie se transforma en une énigme que j'avais impérativement besoin de résoudre. Puis je suis arrivé à "Montparnasse-Bienvenüe / Montparnasse-Bienvenüe". Je devais descendre, rejoindre mes parents.

— Conditions —

Mon père était originaire de la Dordogne par son père, de l'Anjou par sa mère, de la Touraine par sa jeunesse. Il était fils et petit-fils d'agriculteurs sans religion. À l'âge de vingt-quatre ans, il a rencontré une femme lot-et-garonnaise. Une fois amoureux, il eut la surprise d'apprendre que cette femme n'était pas seulement lot-et-garonnaise, elle était juive aussi. Mon père était tombé amoureux d'une juive lot-et-garonnaise. Il s'en ouvrit d'abord à son père qui lui dit avec un accent périgourdin assez prononcé "Eh bé très bien ! Les juifs, ils sont doués pour le commerce ! Ça pourra pas faire de mal à ton ménage". Mon père fit donc sa demande en mariage. Ma mère lui répondit avec un accent lot-et-garonnais assez prononcé "D'accord mais à condition que nos enfants soient juifs". Mon père lui demanda quelques précisions, ma mère les lui donna, "Si nous avons un fils, il sera circoncis à l'âge de huit jours, ne mangera pas de viande de porc et fréquentera la synagogue". C'étaient les seules conditions pour épouser cette jolie Lot-et-Garonnaise supposément douée pour le commerce. Il les accepta.

— Connaître la suite —

Dans un couloir du métro Montparnasse, mon œil fut attiré par une phrase d'accroche sur une affiche de cinéma : "Vous n'aurez qu'une envie, c'est connaître la suite." Le slogan était censé promouvoir une saga de science-fiction. "Vous n'aurez qu'une envie, c'est connaître la suite." Le film n'était pas encore sorti sur les écrans qu'on nous vendait déjà le film d'après. Je m'affligeais tant de la médiocrité publicitaire d'une telle formule que je me suis imaginé une Cour de justice dont j'étais l'avocat général, invectivant les publicitaires responsables de cette lamentable campagne, "C'est vous, Messieurs les faiseurs de slogans, qui menez le monde à sa perte. Vous nous obligez à nous projeter sans répit dans l'avenir. Cet avenir que vous n'envisagez qu'en termes de bénéfices et de rentabilité. Laissez-nous tranquillement regarder le film avant de nous vendre sa suite !". Puis je suis sorti du métro, j'ai marché quelques dizaines de mètres vers la gare et je me suis entendu dire à haute voix dans la rue "Vous n'aurez qu'une envie, c'est connaître la suite. "La formule que j'avais décriée ne voulait plus sortir de mon esprit. J'ai dit ça plusieurs fois sur le chemin, "Vous n'aurez qu'une envie, c'est connaître la suite". C'était plus fort que moi, je ne pouvais plus m'arrêter, "Vous n'aurez qu'une envie, c'est connaître la suite. Vous n'aurez qu'une envie…". Pourquoi cette phrase me plaisait tant ?

— Prendre le bus —

En arrivant dans l'enceinte de la gare Montparnasse, j'ai repensé à une histoire de famille. Elle commence un matin de juillet 1942. Le père de ma mère, dans un petit appartement du 14e arrondissement de Paris, comme chaque matin, est en train de lire le journal. Ce matin-là, il interrompt sa lecture pour dire à sa femme "Marie, les nazis vont essayer de nous tuer et le gouvernement va les laisser faire". Effrayée, ma grand-mère lui répond "Arrête Maurice, pourquoi tu dis ça ?". Mon grand-père en désignant du doigt l'article du journal rétorque avec un calme inquiétant "Il suffit de lire entre les lignes, ils veulent tuer les juifs". Il se tait quelques instants et rajoute "Je pars cet après-midi en zone libre avec les deux grands. Quand j'aurai trouvé un endroit où nous cacher tu me rejoindras avec la petite". Cette scène eut lieu précisément deux semaines avant les rafles dites du Vél d'Hiv. Quatre jours plus tard, mon grand-père trouve une vieille grange dans le Lot-et-Garonne et appelle sa femme, "J'ai trouvé. Viens tout de suite. Mais prends un bus. Ne prends pas le train. Le train, c'est plus dangereux".

— Train —

Aux rares personnes que j'invite à dîner chez moi et qui s'intéressent à la télécommande encadrée, je dois au préalable raconter une autre histoire de famille. Mes parents avaient prévenu ma sœur et moi que la chambre d'amis devait rester fermée à clef à cause de dangereux travaux que mon père y effectuerait pendant deux mois. Personne n'avait le droit d'y entrer, sous aucun prétexte. Le jour de Noël est arrivé. Oncles, cousins et tantes sont conviés à monter à l'étage pour admirer la chambre d'amis enfin rénovée. Mon père ouvre la porte et là, nous découvrons que ce n'est plus une chambre d'amis mais l'emplacement d'une immense maquette de train électrique, posée sur quatre grands tréteaux, occupant presque tout l'espace de la pièce. Mon père avait passé deux mois à construire mon cadeau de Noël. Forêt, petits animaux, garde champêtre, autoroutes, stations-service, trois gares distinctes avec cheminots et voyageurs, et bien sûr une immense voie ferrée parcourant toute la maquette. Mes cousins sont blêmes de jalousie. J'ai le plus beau cadeau de Noël de la famille. Tous les regards sont tournés vers moi. Je reste interdit. Ce cadeau est probablement pour un autre que moi. Ça doit être une farce ou une erreur. D'ailleurs, il faut que ça soit une erreur pour la bonne et simple raison que je déteste les trains électriques. Ils m'encombrent et me font peur. Je n'ai jamais pu y jouer ; jamais.

— À tout de suite —

Toutes les fois où je m'apprête à sortir de mon appartement, mon chat m'observe avec la plus grande attention. Scrutant chacun de mes gestes avec méfiance, il me regarde mettre mes chaussures, avise le placard où je prends ma veste, la chaise où je prends ma sacoche. Dans ces moments, je ne puis m'empêcher de penser que je lui fais de la peine et que je le déçois. On dit que les félins n'ont pas la notion du temps qui passe, pourtant je me demande souvent si mon chat, seul dans l'appartement, ne va pas trouver le temps trop long. Pour maigre consolation, j'ai instauré un petit rituel au moment de partir. Avant de refermer la porte, je le regarde une dernière fois, et avec toute la force de persuasion dont je suis capable, je lui dis "À tout de suite". Cette formule recherche deux effets, convaincre mon chat que je vais revenir tout de suite, et me convaincre moi-même que mon chat le croit. Du reste, les jours où je dois m'absenter la journée entière, je le lui dis plusieurs fois d'affilée, "À tout de suite ! À tout de suite ! À tout de suite !".

— Noms —

Ma grand-mère est avec sa fille de quatre ans, ma mère, dans un bus en direction de l'Aquitaine. Elle a suivi le conseil de son mari, elle n'a pas pris le train. Le bus est arrêté dans un petit village des Landes, une centaine de mètres avant la ligne de démarcation. C'est une vérification d'identité par des soldats allemands. Ils retiennent les papiers de cinq personnes, dont ceux de ma grand-mère. Ils doivent téléphoner à la kommandantur la plus proche afin de vérifier si son nom est juif. Elle s'appelle Drai. Son nom de jeune fille est Zerbib. Madame Drai, née Zerbib, il n'y a pas plus juif.

Mais elle tombe sur des nazis débutants. Ils ne savent pas, ils ont besoin de vérifier. Pour ce faire, deux soldats resteront dans le bus tandis qu'un troisième se rendra au bureau de la Poste juste en face pour passer le coup de fil de vérification. Depuis plusieurs décennies que je connais cette histoire, j'en ai imaginé tous les détails. J'ai imaginé le soldat descendre du bus, papiers à la main, traverser la rue, prendre son temps, regarder sa montre, s'arrêter pour sortir un mouchoir de sa poche, se moucher longuement, remettre le mouchoir dans sa poche, rediriger ses pas vers le bureau de poste, croiser une vieille dame qui sort du bureau de poste, lui faire un bonjour en touchant son casque, entrer dans le bureau et refermer la porte. J'imagine ma grand-mère en train de regarder cette porte, ne pas la quitter des yeux ; attendre. Attendre encore. C'est alors que je me revois en avocat général en train d'invectiver les publicitaires de la saga de science-fiction, "Qu'adviendra-t-il de ma grand-mère et de sa fille de quatre ans ? Vous aimeriez le savoir, Messieurs les faiseurs de slogan, n'est-ce pas ? Ça, Messieurs, ça, c'est le genre de moment où l'on a qu'une envie, celle de connaître la suite !".

— Amoureux —

À l'âge de quatre ans, je suis tombé très amoureux d'une fille de ma classe à l'école maternelle. J'adorais la regarder dans la cour de récréation.

Je pensais beaucoup à elle. Je rêvais d'elle chaque nuit. Le jour où j'ai appris que mon état s'appelait "être amoureux", j'ai dit à ma mère "Maman je suis amoureux d'une fille à l'école". Ma mère m'a demandé son prénom et pour la première fois j'ai dit à voix haute le prénom de celle dont j'étais amoureux, "Malika !". Je l'ai dit avec tout l'enthousiasme dont j'étais capable "Malika !". Je croyais qu'entendre le prénom de cette petite fille déclencherait le même enthousiasme chez ma mère mais elle eut un fou rire nerveux, "Malika ? Eh ben… C'est ton père qui va être content".

— Avis de réception —

Après avoir pris connaissance de l'histoire du train électrique, mes rares invités sont fin prêts à entendre celle de la télécommande encadrée. Je trouve dans ma boîte aux lettres un avis de recommandé avec accusé de réception. L'homme derrière le guichet de la Poste me demande de patienter en se dirigeant vers l'arrière-salle. Me préparant à un courrier de la préfecture de Police ou de l'administration fiscale, j'attends résigné. Quelle n'est pas ma surprise de voir revenir le postier chargé d'un colis assez volumineux qu'il pose sur le comptoir en disant "Ne vous en faites pas, ça a l'air lourd mais c'est pas si lourd". Je lui demande s'il est sûr que ce colis est bien pour moi. Avec un clin d'œil, il me montre du doigt le nom de l'expéditeur sur le haut du carton "Vous connaissez cette

personne ?". Après lecture je dis au facteur "Ah oui ! Je connais cette personne…". Arrivé chez moi, j'ouvre immédiatement le paquet, pour y découvrir un flambant neuf lecteur de DVD avec télécommande. Sur la boîte, un post-it est annoté de la manière suivante :
En lisant les mots sur le petit papier jaune, je peux presque entendre la voix de mon père comme si elle sortait du post-it : "Salut. Promo à Carrefour. J'en ai pris un pour moi et un pour toi. Bisous. Papa."

— Fluet —

Selon les circonstances, ma voix change. Elle peut se faire plus grave ou plus aiguë, plus parisienne ou plus lot-et-garonnaise, mais de toutes les voix sortant de mon larynx il en est une qui m'intrigue plus que les autres. C'est une voix un peu perchée, assez fragile, légèrement en retrait. Dès que je l'entends je me dis "Tiens, c'est la voix". Si par exemple je suis au téléphone avec une quelconque instance administrative, au lieu d'employer un ton plein d'assurance et de maturité, tel que "Bonjour, je vous appelle au sujet du dossier que j'ai déposé à la fin du mois de mars", je m'entendrai parler avec la voix un peu perchée, fragile et en retrait, "Bonjour, je vous appelle… au sujet du dossier… que j'ai déposé à la fin du mois de mars". Ce n'est pas spectaculaire mais il y a une nette différence entre "Bonjour, je vous appelle au sujet du dossier que j'ai déposé à la fin du mois de mars" et "Bonjour, je vous appelle… au sujet du dossier… que j'ai déposé à la fin du mois de mars". De toutes mes voix, c'est la seule qui me donne l'impression de ne pas être "moi". Ou bien, est-ce vraiment "moi" ?

— Herser —

Je suis dans le hall de la gare Montparnasse. Le train de mes parents arrivera dans cinq minutes et je les accompagnerai jusqu'à l'hôpital. En attendant, je repense au père de mon père, lui aussi très malade à la fin de sa vie. Il avait une réputation de don juan et de mari détestable. Il couchait, disait-on, avec ses deux femmes de ménage en même temps, et dans sa propre maison. On dit aussi qu'il était devenu riche en important du matériel agricole américain mais qu'il était mort sans laisser le moindre sou à sa progéniture, ayant tout donné à ses maîtresses, en bijoux, voitures et appartements. Je repense à mon père en train d'évoquer la maladie de son propre père, "Deux jours avant sa mort, on était avec mes deux frères autour du lit de mon père, à l'hôpital, il souffrait, il souffrait beaucoup, nous, on n'était pas fiers, on faisait triste mine, et là, il nous regarde et il nous dit « Eh ben nom de Dieu ! Faites pas cette tête ! Quand vous aurez hersé ce que j'ai labouré ! »". Mon père ne ratait jamais une occasion de nous raconter cette scène. Son grand plaisir était d'imiter l'accent de son père, "Eh ben nom de Dieu !".

Il le faisait chaque fois avec un grand sourire, “Quand vous aurez hersé ce que j'ai labouré !”. Avec ces quelques mots, mon grand-père, au moment de mourir, voulait réconforter ses fils, leur dire que sa vie avait été belle, qu'il en avait bien profité, mais, en même temps, il disait à ses fils qu'ils ne pourraient jamais profiter de la vie autant que lui en avait profité, qu'ils ne seraient jamais à la hauteur de leur père, concernant bien sûr les femmes, mais peut-être aussi tout le reste.

— Horizon et refuge —

Dans la vie, nous pouvons avoir plusieurs centres d'intérêt mais de centre de gravité nous n'en avons jamais qu'un seul. C'est un lieu d'où chacun s'élance et vers lequel chacun revient. Horizon et refuge. Pour certains c'est l'Amour, pour d'autres l'Argent, pour d'autres encore c'est Dieu, ou la Femme, ou l'Enfant, ou l'Animal, ou l'Art, ou le Sexe, ou la Pensée, mais quel qu'il soit, il n'est jamais facile de savoir quel est précisément pour soi le centre de gravité. Un jour, je remettais en ordre la couette sur le matelas, je regardais les plis que faisait la housse cotonneuse, j'y ressentais encore la chaleur de mon corps qui venait de s'extraire du sommeil, et j'en eus la révélation. Il était là mon centre de gravité. Mon refuge et mon horizon, c'était mon lit. Le matin, j'ai beau savoir qu'il me faut aller travailler, qu'il me faut vivre, je regarde les moments où j'étais encore sous les draps comme les vrais moments de ma vie, et je vois comme une délivrance l'instant délicieux où je retournerai là, au centre de ma vie, dans mon lit.

— Tuer des gens —

Dans la chambre à coucher de mes parents, il y avait au mur un grand tableau de liège auquel ma mère avait épinglé de nombreuses photographies. On pouvait y admirer notre famille dans toutes sortes de situations familiales : vacances, anniversaires, mariages. Une seule photo n'avait pas vraiment sa place au milieu des autres. On y voyait mon père en tenue militaire, entouré d'autres soldats, tous arborant un grand sourire, dans une région montagneuse et ensoleillée. Je devais avoir une dizaine d'années quand j'ai demandé à mon père ! "C'est quoi cette photo papa ? – Ça ? C'est pendant la guerre. – La guerre ? Tu as fait la guerre ? – Ah oui, bien sûr, j'ai fait la guerre d'Algérie. – Mais tu as tué des gens ?". À cet instant, mon père s'est tu. Je me suis demandé si c'était une autre manifestation de pudeur paternelle mais soudain, comme affligé, il m'a dit "N'importe quoi !".

— Tantrique —

Le jour où j'ai été présenté à la femme que j'ai longtemps autorisée à me faire souffrir, j'ai constaté qu'un livre dépassait de son sac à main. Je me suis risqué à lui demander "C'est quoi le bouquin dans votre sac ?". En guise de réponse elle a sorti le livre et l'a mis devant mes yeux. L'ouvrage s'intitulait *Tantrisme*. Elle m'a dit "Je cherche l'homme avec qui je pourrai vivre ce qui est écrit là". Avant même de savoir de quoi il en retournait, j'ai voulu être cet homme. Quelques jours plus tard nous nous embrassions et je dévorai le livre emblématique de notre rencontre. Son auteur, un certain Gary Short, proposait aux lecteurs de transformer leur énergie sexuelle en énergie spirituelle et pour cela préconisait la monogamie. Je le cite : "L'énergie kundalinique a besoin d'une grande concentration pour parvenir à l'ultime chakra, c'est pourquoi il est déconseillé de se disperser avec plusieurs partenaires sexuels. Pour ce travail, il est préconisé de trouver un seul partenaire de long chemin." J'étais prévenu, cette femme désirait être l'unique partenaire d'un partenaire unique et sur un long chemin.

— Le vigile indifférent —

Je voulais m'acheter un pull en cachemire dans un grand magasin dont l'entrée principale était gardée par un vigile. Je n'ai jamais été réfractaire à ce dispositif de sécurité, aussi quand le vigile m'a demandé d'ouvrir mon sac je me suis exécuté avec la meilleure volonté du monde. Mais une fois mon sac grand ouvert, le vigile n'a pas pris la peine de regarder à l'intérieur. Il m'a fait un vague signe de la main pour m'inviter à entrer dans le magasin. Au lieu d'obtempérer je lui ai dit "Pardon mais vous n'avez pas regardé dans mon sac". Il m'a d'abord gentiment répondu "Oui, c'est bon monsieur, vous pouvez passer". J'ai donc insisté, "À quoi ça sert de faire ouvrir les sacs si c'est pour ne pas regarder à l'intérieur ?". Le vigile a commencé à s'impatienter, "Allez ça va, vous entrez maintenant". C'est probablement l'injonction impérative qui m'a fait perdre toute mesure. Je me suis entendu lui répondre "Certainement pas ! Je ne vais jamais entrer pas dans un magasin que vous, monsieur, vous surveillez ! Faudrait être dingue ! Ça peut péter d'une minute à l'autre, là ! Moi je me barre ! Je me barre". Et je suis parti comme un fou, renonçant à mon pull en cachemire. Plus je m'éloignais du grand magasin plus je sentais monter en moi la culpabilité. Pourquoi avais-je été aussi agressif envers ce pauvre vigile ?

— N'importe quoi —

À table, devant le journal télévisé, mon père exprimait souvent ses opinions politiques. Il commençait par dire "Moi si j'étais à la place de tous ces mecs au gouvernement". En suite de quoi il dévoilait ses mesures pour sauver le pays de la faillite. Par exemple "Je forcerais les grévistes à travailler". Ou bien "Je bloquerais les importations". Ou bien encore "Je rendrais obligatoire le travail pour les chômeurs". Ou bien aussi "J'interdirais qu'on expose dans les musées des mecs comme Picasso". Adolescent, ayant pris toute la mesure de ce qui empêchait mon père d'entrer au gouvernement, j'essayais de lui faire entendre en quoi ses préconisations étaient injustes voire illégales mais il restait insensible à mes arguments. Il se contentait d'y répondre par un sourire pour me montrer que rien ne le ferait changer d'avis, et même que mon avis le confortait dans le sien. C'est pourquoi je me suis résigné très vite à ne faire qu'un seul commentaire à toutes les propositions politiques de mon père. Je lui disais "N'importe quoi !". C'était la seule chose que j'avais trouvée. Je détournais la tête à droite ou à gauche ou vers mon assiette, comme si je me parlais à moi-même et je disais "N'importe quoi !".

— Inquiétude —

Dans ma vie quotidienne, je m'adonne à toutes sortes d'activités. Je vois des films, je fais du sport, je fais des projets, je fais ma toilette, je mange toutes sortes de plats, je fais des siestes, je passe des coups de fil, je tombe amoureux, je marche, je caresse mon chat, je vais chez le docteur, je prends des photos, je parle à des gens, j'achète des choses, j'écoute FIP, j'écoute les conseils de mes amis, j'imagine des stratégies pour continuer à gagner ma vie, je vois de nouveaux films, fais de nouveaux projets, mange de nouveaux plats. Mais si d'aventure je m'arrête et ne fais plus rien de tout cela, si je m'arrête et ne fais que regarder ce qui se passe en moi, alors ce que j'y vois c'est de l'inquiétude ; une inquiétude sans véritable raison, sans véritable objet. Une inquiétude dont je sens qu'elle est toujours là, qu'elle a toujours été là. De mon inquiétude, je dirais qu'à chaque instant elle m'invite à me soucier de l'instant d'après. À peine suis-je arrivé en un endroit que déjà j'imagine un autre endroit. Constamment, je pense à la suite. Oui, je n'ai qu'une envie, c'est connaître la suite. J'imagine l'avocat de la partie adverse, l'avocat des publicitaires, me désignant d'un index accusateur et me dire "Quelle honte ! Vous traîniez mes clients dans la boue ! Les accusant de vous forcer, avec leur slogan, à vouloir trop vite connaître la suite, alors que c'est vous-même et depuis toujours qui n'avez eu qu'une seule et véritable envie ! Connaître la suite !".

— En panne —

Ma grand-mère observe le soldat revenir du bureau de poste et monter dans le bus. Il n'a pas l'air content, le pire est à craindre. Il échange quelques mots en allemand avec ses collègues allemands. On entend *"telefon"*. On entend aussi *"gebrochen"*. On apprend que la ligne téléphonique du village est en panne. Les nazis débutants sont contrariés. On les sent hésitants. Vont-ils chercher un autre moyen d'entrer en contact avec leur garnison ? Vont-ils procéder à de plus amples vérifications ?

Finalement, pour se débarrasser du problème, ils restituent les cartes d'identité, puis donnent l'ordre au chauffeur de repartir sur le champ avec tous les voyageurs. Une fois le bus reparti, un homme se lève du dernier rang et vient parler à ma grand-mère, "Pardon madame, vous savez, ils vont finir par trouver une solution pour le téléphone. Et quelque chose me dit qu'ils vont regretter de vous avoir laissée partir. Il y aura sûrement des gens pour vous attendre au prochain arrêt. Et ceux-là ne seront pas aussi conciliants. Il y a de fortes chances qu'ils fouillent tout le bus, qu'ils inspectent tous les bagages. Je ne suis pas juif mais je ne peux pas prendre un tel risque. Je vais demander au chauffeur de s'arrêter quelques instants. Je vais descendre et je vais rejoindre des amis en coupant par la forêt. Je vous conseille d'en faire autant. Nous pouvons même marcher ensemble si vous le voulez. J'ai de la nourriture. Je vous accompagnerai jusqu'à votre destination". Ma grand-mère accepte la proposition. Elle se lève, prend sa fille d'une main, sa valise de l'autre, et suit l'inconnu vers le devant du bus. L'homme demande au chauffeur de s'arrêter là mais le chauffeur refuse, "Vous descendrez comme tout le monde, au prochain village". On dirait que l'inconnu s'attendait à cette réponse. Il rétorque avec aplomb "Je comprends que vous ne vouliez pas de problème avec les Allemands. Mais ce ne serait pas une bonne idée non plus d'avoir des problèmes avec les personnes que je dois rejoindre et dont certains seront au village où vous allez".

Le chauffeur se décompose, ne prend pas même la peine de trouver un bas-côté, arrête le bus au beau milieu de la route. Une fois le bus reparti, ma grand-mère dit à sa fille “Ton père avait raison, le bus c’est mieux que le train”. Et pour faire sourire cette petite fille de quatre ans l’inconnu rajoute “En route, mauvaise troupe”.

— Meilleur cadeau —

Vient toujours le moment où je dois délivrer mes invités du suspense dans lequel je les ai plongés avec l’histoire de la télécommande. Je leur apprends qu’à l’époque où j’ai reçu de mon père le lecteur de DVD muni de sa télécommande, je traversais une période assez douloureuse en raison d’un récent divorce. J’avais fait le choix difficile mais généreux de laisser notre lecteur de DVD à mon ex-épouse, avant d’emménager dans un minuscule appartement, très humide, en rez-de-chaussée, donnant sur une cour sombre, et le tout à un moment de ma vie où je manquais de travail et d’argent. Je n’avais qu’une envie, rester chez moi et regarder des films en pyjama. Mon père ne pouvait pas mieux tomber. Grâce au lecteur de DVD, j’avais passé six mois sans bouger de mon lit à visionner un minimum de quatre films par jour. Je m’étais sorti de cette phase dépressive en partie grâce au cadeau de mon père. C’était le meilleur cadeau du monde. À ce moment-là du récit, souvent un convive me demande “Et la télécommande à l'intérieur du coffrage, c'est celle du DVD ?". Je peux donc lui répondre "Exactement ! Au rythme où je l'ai utilisé, le lecteur de DVD n'a fonctionné qu'un an et demi. Les derniers temps, le tiroir à disque s'ouvrait et se refermait tout seul. Les frais de réparation auraient été supérieurs au prix d'un nouveau lecteur, je m'en suis donc débarrassé. Mais j'ai voulu me souvenir qu'il n'y avait pas eu que ce maudit train électrique, j'ai voulu un souvenir du meilleur cadeau du monde, alors j'ai gardé la télécommande, que j'ai longtemps conservée dans un tiroir. Et quand mon père est mort…". Après avoir intégré l'information que mon père est mort, c'est souvent le convive à qui je m'adresse qui finit cette phrase – "Tu l'as fait encadrer. – Voilà."

— Villejuif —

Le train de mes parents vient d'entrer en gare. Je les aperçois au bout du quai. Ma mère a l'air perdue. Mon père a l'air épuisé. Je ne l'ai jamais vu marcher aussi lentement. Dans le taxi, nous sommes tous les trois à l'arrière du véhicule. Durant le trajet jusqu'à l'hôpital, j'essaie de combler les silences en faisant des commentaires sur Paris, les monuments, la circulation. Après quelques formalités administratives, nous arrivons dans la salle d'attente du département d'oncologie. Ma mère s'absente un instant et mon père en profite pour me dire "Tu sais, ta mère est plus inquiète que moi. Moi, je n'ai pas peur. J'ai soixante-treize ans, j'en ai bien profité. J'ai eu une belle vie". C'est peut-être la première fois de sa vie qu'il me parle aussi directement, la première fois qu'il s'adresse à moi pour me parler de lui. J'aurais pu lui répondre "Je suis content papa de savoir que ta vie a été belle, que tu en as bien profité, que tu n'as pas peur". Mais je suis son fils, l'enfant de la camionnette exiguë, je me contente de lui sourire avec toute la tendresse dont je suis capable. Ma mère revient. Nous restons dans le silence de la salle d'attente et dans ce silence je ne puis m'empêcher de penser que si j'étais à la place de mon père je serais terrifié. À cet instant précis, je sais que je suis infiniment loin d'avoir hersé ce qu'il a labouré. À cet instant précis, je ne pourrais pas affirmer que ma vie a été belle et que j'en ai bien profité.

— Obsolescence —

Une nuit, j'ai fait un rêve que j'ai noté sur un cahier de la manière suivante : "Je suis assis sur un banc, un homme blond aux yeux bleus vient s'asseoir à côté de moi, il sourit, regarde droit devant lui, je lui demande pourquoi il sourit, il répond sans me regarder « Je suis le directeur de l'Obsolescence programmée ». Fasciné, je répète « Obsolescence… Obsolescence… ». Puis comme dans une comédie musicale, l'homme blond aux yeux bleus se met à fredonner une chanson. En l'écoutant chanter, je veux lui demander si c'est lui qui a cassé mon lecteur de DVD mais il se transforme en cochon et donc ne peut pas me répondre. Je suis triste et à la fois soulagé. C'est là que je me réveille." Sous la description du rêve, je note : "Hélas, j'ai oublié les paroles que chantait le soldat allemand dans le rêve."

— Pizza fatale —

C'était la première fois que cette femme que j'ai longtemps autorisée à me faire souffrir me fit vraiment souffrir. Nous déjeunions dans une pizzeria, entourés d'un grand nombre d'employés de bureau. Nous étions en décalage avec l'atmosphère agitée des conversations entre collègues car nous venions de faire l'amour. C'est là que je décidai de lui faire ma première vraie déclaration, "Si aujourd'hui une bonne fée me prédisait qu'il n'y aurait aucune autre femme que toi, je n'en aurais pas peur. Aucune autre femme que toi serait un long chemin qui m'irait très bien". Elle s'abîma dans une apparente introspection pour finalement me répondre "Moi, je pense qu'il me faudra quand même un jour essayer de vivre une histoire avec une femme. Ça manque à mon expérience, une femme". Si elle avait décidé de me percer les flans à l'aide de son couteau à pizza je n'en aurais pas souffert davantage. Dans la voiture, au retour de la pizzeria, j'avais l'impression de me vider de mon sang. Une fois arrivé chez elle, je pus lui dire à quel point ses paroles m'avaient terrassé. Elle comprit mes raisons, m'expliqua les siennes, me demanda pardon. J'oubliai mes raisons, je compris les siennes, je lui pardonnai. Pourquoi n'ai-je pas voulu voir qu'accorder mon pardon ouvrirait une longue série de couteaux à pizza ?

— Chanson —

Créer l'obsolescence
n'est pas chose facile
C'est un art une science
Il faut être subtil
Fabriquer le métal
qui cassera plus vite
inventer le plastique
à l'usure fatale
Prévoir en toute chose
la panne ou l'extinction
trouver la position
de la meilleure faille
Obsolescence programmée
Obsolescence programmée

— Le silence du reporter —

Lors de certains journaux télévisés, il se produit parfois une chose singulière que j'ai toujours beaucoup aimée. Un reporter de la chaîne est sur le lieu de l'action, dans la rue, pour une manifestation par exemple. Il attend la question du présentateur face à la caméra. Nous sommes en direct, nous venons d'entendre le présentateur poser sa question. "Pour cette marche parisienne contre les violences faites aux femmes, on parle de 50 000 personnes. Est-ce que vous confirmez ce chiffre Jean-Pierre ?" Nous n'avons pas pu nous rendre à la manifestation, nous sommes pendus aux lèvres de Jean-Pierre, nous attendons qu'il confirme ce chiffre, il va répondre, croyons-nous, mais il ne répond pas. Ce que nous voyons, c'est Jean-Pierre, micro à la main, doigt sur l'oreillette, face à la caméra, qui attend, concentré, gentiment, tranquillement, sans rien dire. Puis, au bout d'un temps indéterminé, Jean-Pierre change de regard et se met à parler. "Oui, absolument, déjà 50 000 personnes…" J'adore cet instant. J'ai beau savoir qu'il est dû à ce qu'on appelle un différé, il n'en reste pas moins que ce que je vois, c'est un homme à qui l'on a posé une question et qui n'y répond pas. Un homme de bonne volonté, concentré, ouvert, et demeurant dans la plus pure attente. Toute la situation voudrait de la réactivité, de la rapidité, de l'efficacité. Mais non ; rien. C'est un moment de suspens. De repos. De détente. Que c'est bon !

— Tu arrêtes —

Un soir à table, devant le journal télévisé, mon père, pour une énième fois, entreprend de nous divulguer ses lumières en matière de politique internationale, "Moi, si j'étais à la place de tous ces mecs au gouvernement”. J’ai alors dix-sept ans, mon père quarante-sept, je me prépare à ne pas être d’accord avec ce qu’il va dire, mais je suis décidé à ne faire aucun commentaire, je me promets de ne pas lâcher ce ridicule “N’importe quoi !”. Mon père alors continue sa phrase, “Je renverrais tous les Arabes dans leur pays”. Je suis sidéré. Je voudrais lui raconter l’histoire de la colonisation et de l’immigration mais à la place je m’entends lui répondre “N’importe quoi, non mais n’importe quoi !”. Je suis persuadé qu’il me fera son sourire de supériorité politique, mais il me coupe vivement la parole, “Tu arrêtes de dire « n’importe quoi ! ». J’en ai assez de tes « n’importe quoi ! » tu m’entends ?”. Il y a un silence. Étrangement je ne suis pas blessé. Je suis sous le choc, mais je ne suis pas blessé. Mon père a réagi. Tous les “n’importe quoi” que je lui avais dits, il s’en était souvenu, les avait entendus. Il avait fait semblant de ne pas en être atteint. Mais là, il demandait grâce. Alors je me suis tu.

— Habitude —

Comme tant d’autres fois, dans le restaurant où j’ai mes habitudes, je suivais la serveuse. Elle m’a dit “La table que vous aimez, elle est pas libre”. Je lui ai répondu “Ce n’est pas grave. Il faut savoir parfois renoncer à certaines de nos habitudes”. Soulagée par ma réponse elle s’est mise en quête d’une autre table. En la suivant, et pour la divertir, je lui ai dit “Remarquez ! Si je commence à prendre l'habitude de renoncer à mes habitudes, ce n'est ni plus ni moins qu'une autre habitude…". D'un air totalement impassible elle m'a répondu "De toute façon, y a pas le choix". Pourquoi, une fois encore, avais-je pris le risque de me sentir seul comme un chien ? Pourquoi, une fois encore, avais-je essayé de faire de l'humour avec une personne dont je savais à l'avance qu'elle y serait insensible ? Du moins peu sensible. Ou sensible de manière ambivalente.

— Croquettes —

Avant de donner ses croquettes à mon chat, je lui lance toujours "Qui c'est qui va manger ?". Il connaît bien la question, il y répond chaque fois d'un miaulement. "Qui c'est qui va manger ? – Miaou." Je remplis alors son écuelle, pendant qu'il tourne autour de moi essayant de capter les effluves de son repas. Ensuite, je lui dis "Viens !". Aussitôt, il se dirige vers l'endroit où j'ai coutume de poser l'écuelle. Pendant ces quelques pas que nous faisons ensemble j'ai tout loisir d'observer les ondulations qu'imprime à son corps l'excitation de manger. Il se contorsionne et frétille de tous ses membres, comme s'il n'avait pas été nourri depuis trois jours. La plupart du temps cela me fait sourire. Mais l'autre jour, au spectacle de ses contorsions d'affamé, je n'ai pas souri. J'observais les ondulations de son petit corps de chat et je l'ai trouvé si fragile, si dépendant de moi qui le nourris et devrai le nourrir encore toute sa vie, qu'à cet instant, le nourrir m'est apparu comme une des choses les plus émouvantes qu'il m'ait été donné de faire durant mon existence.

— Amen —

Pour faire plaisir à ma mère, et aussi parce qu'à cette époque je prenais cela au sérieux, à partir de l'âge de treize ans j'ai chanté à table, tous les samedis midi, les bénédictions juives du pain et du vin. Bien sûr, mon père était là, mais en simple spectateur. Il répétait quelques bribes de mots hébreux, retenus au fil des années. Moi, j'adorais chanter cette bénédiction : "*Véchamérou vénei Yisraèl été ha Chabbate. Laaassote éte ha Chabbate lédorotam mérite'olam. Béni ouveine bénei Israèl ote hi lé'olam. Ki chèchéte yamim assa Adon-ay éte hachamayim vééte haaréts, ouvayom haché-vi'i chavate vayinafache. Sabri maranane. Eraïm. Baroukh ata Adon-ay, Elohé-nou mélékh ha'olam, borré peri haguéféne. Amen.*" Quand ma mère, ma sœur, parfois quelques cousins et moi-même disions "Amen" mon père faisait souvent la même blague, en rajoutant "Ta paye avec la mienne ça fera une bonne quinzaine !". Ce qui donnait "*Sabri maranane. Eraïm. Baroukh ata Adon-ay, Elohé-nou mélékh ha'olam, borré peri haguéféne.* Amène ta paye avec la mienne ça fera une bonne quinzaine". Je n'ai jamais su d'où il tenait cette blague. Ça faisait rire toute la famille. Et moi aussi, je trouvais ça drôle. J'aimais bien quand mon père faisait le clown.

— Itinéraire —

Lorsque dans la rue un piéton égaré me demande où se trouve tel ou tel endroit, je m'arrête volontiers pour lui indiquer sa route. Mais dès l'instant où j'entreprends d'expliquer l'itinéraire au piéton égaré, si j'ai quelques doutes sur sa capacité à bien m'écouter, si je repère chez lui un signe d'incompréhension ou pire d'inattention, je sens monter en moi un agacement phénoménal. Je passe de gentil Samaritain à professeur autoritaire de géographie urbaine. Mes explications deviennent tranchantes et péremptoires. "Donc vous prenez à droite. Vous avez compris ? Bon. Et puis après tout droit jusqu'au rond-point. D'accord ? Bon. Et là vous y êtes ! C'est très facile. À droite, tout droit jusqu'au rond-point. Vous avez compris ?" Une fois le piéton reparti je me reproche toujours d'avoir été si désagréable, mais c'est plus fort que moi, chaque fois je recommence.

— Pierrot —

Ma grand-mère et ma mère ont marché trois journées entières pour rejoindre la grange que mon grand-père avait trouvée dans le Lot-et-Garonne. L'inconnu du bus avait tenu parole. À travers champs et forêts, évitant les routes, empruntant les petits chemins vicinaux, il les avait conduites à bon port, jusqu'à l'endroit précis où mon grand-père et ses fils étaient cachés. Puis l'inconnu est reparti sans laisser de nom, ni d'adresse. Juste un prénom. Pierre. À leur arrivée à la grange, ma grand-mère et ma mère sont tombées nez à nez avec un cochon. Mon grand-père en avait fait l'acquisition non pas dans l'intention de nourrir sa famille mais d'en faire un animal de compagnie. Pour que les gens du voisinage se disent "Ils ont un cochon, c'est pas des juifs". Un cochon d'apparat, en quelque sorte. Ma mère m'a raconté que pendant toute la guerre elle faisait le chemin vers l'école accompagnée du cochon. Une fois ma mère arrivée à l'école, le cochon repartait à la grange. Mais le plus incroyable est qu'à la fin de la journée il revenait seul chercher ma mère à la sortie de la classe. Il connaissait parfaitement l'heure et l'itinéraire. Mon grand-père s'amusait à l'appeler "l'animal de compagnie" tandis que ma mère l'appelait "Pierrot". "En souvenir du monsieur qui a marché avec nous dans la forêt", avait-elle dit.

— Meilleur souvenir —

En acquérant leur maison, mes parents ont acheté au même propriétaire un petit bâtiment industriel attenant au jardin, une usine où l'on fabriquait encore toutes sortes d'entremets à base de vanille. C'était une activité peu bruyante et le loyer que mes parents en retiraient payait une partie du crédit de la maison. Plus tard, le directeur de l'usine a pris sa retraite, et mes parents n'ont pas tenu à relouer le bâtiment. Une nuit d'été, encore un enfant, je suis réveillé par une sonnerie de téléphone. Je m'approche de la fenêtre ouverte de ma chambre, la sonnerie vient de l'usine désaffectée. Je me dis que je rêve. Je retourne me coucher. La sonnerie reprend, sonne, sonne encore, s'arrête quelques instants et reprend. Ça continue ainsi pendant un bon quart d'heure. Je décide de réveiller mes parents. "Papa. – Qu'est-ce qui se passe ? – Le téléphone sonne. – Mais non, tu rêves. – Pas celui de la maison, celui de l'usine. – Va te coucher, tu rêves, il n'y a plus de téléphone là-bas. – Papa. Viens écouter." Mon père se lève. Il constate d'un air intrigué. "Ah oui." Ma mère nous rejoint dans ma chambre. "Qu'est-ce qui se passe ? – Quelqu'un appelle sur le numéro de l'usine. – Le numéro de monsieur Bernard ? – Oui. – Mais ça fait cinq ans qu'il est parti, la ligne est coupée. – Peut-être qu'il l'a pas fait couper. Ou peut-être que les PTT ont oublié de la couper. En tout cas, ça sonne. – Mais c'est une erreur, ils verront bien qu'il n'y a personne. – Oui mais ils insistent là, on dirait que c'est urgent. Je vais aller répondre, et puis je dirai qu'il n'y a plus personne à ce numéro, voilà." Ma mère acquiesce en retournant se coucher. J'obtiens de mon père de pouvoir l'accompagner. Nous traversons le jardin munis d'une lampe torche. Au moment où mon père ouvre la porte de l'usine, je me colle à lui. Nous restons immobiles un instant sur le seuil. La sonnerie du téléphone continue de retentir, elle est toute proche. Nous montons l'escalier vers l'ancien bureau du directeur. Au bout du faisceau de lumière, nous apercevons le vieux téléphone noir des années 1970, c'est comme une hallucination de l'entendre sonner. Mon père entre dans le bureau, je ne le lâche pas d'un centimètre. Imaginer qu'il va parler à une personne inconnue à quatre heures trente du matin me plonge dans un état de grande excitation. Qui est cette personne ? À qui veut-elle parler ? Et que veut-elle dire ? Mon père décroche. "Allô." Son visage est fixé par l'attente d'une réponse. "Allô"… Personne ne répond mais personne ne raccroche non plus. "Il y a quelqu'un au bout du… ? Ça a raccroché", me dit-il en reposant le combiné sans le quitter des yeux. "Ça va sûrement resonner." Mon père un instant me regarde, mais son attention est visiblement tournée vers un rappel imminent. Rappel que nous attendons, sans rien dire, dans une presque obscurité, seulement éclairés par les reflets de la lampe torche dans les vieilles vitres sales du bureau. Nous avons attendu ainsi pratiquement cinq minutes. Encore aujourd'hui je me souviens de ces instants passés avec mon père dans le silence à attendre que le téléphone sonne à nouveau. C'était un silence qui n'avait rien à voir avec celui de la camionnette. Un silence où nous ne parlions pas mais où nous faisions quelque chose ensemble. Nous attendions une chose ensemble. Nous participions ensemble à la même aventure.

Et puis mon père a dit “Bon, là, ça rappelle plus”. Et en effet, ça n’a jamais rappelé.

— Saboteuse —

Toi, ancien amour, toi la femme que j’ai longtemps autorisée à me faire souffrir, te souviens-tu que je t’avais demandé de réserver le 23 novembre 2019 ? Ce jour-là, nous devions participer ensemble à la grande manifestation parisienne contre les violences faites aux femmes. Un engagement professionnel m’a empêché de t’y accompagner. 50 000 personnes ont marché dans les rues de Paris ce jour-là. De cette marche, tu es revenue galvanisée. Tu es revenue différente. Dépressive depuis presque deux ans, tu semblais être devenue en une après-midi la femme la plus forte et la plus vivante du monde. Comme si tu avais aspiré en toi toute l’énergie de la manifestation. Le week-end suivant, je t’ai proposé d’aller faire un brunch avec des amis. Tu m’as regardé d’un œil noir en me disant “Un brunch ! Comment peux-tu me proposer une chose aussi ennuyeuse ? Un brunch ! Alors que la semaine dernière j’étais dans la rue avec des milliers de femmes !”. Le surlendemain tu m’as quitté. Une semaine après, revenue à ta dépression, tu m’as dit “Pardon, mais je ne suis pas faite pour l’amour, je ne suis pas faite pour le couple”. J’ai rappelé à ton bon souvenir le livre que tu avais mis devant mes yeux en disant que tu cherchais l’homme avec qui vivre ça, le partenaire d’un long chemin. Tu m’as répondu “Je sais. Je n’aurais pas dû. Je me connais. Je suis une saboteuse. J’ai toujours été comme ça avec les hommes ; une saboteuse”.

— Vie intérieure —

Motivé par la nécessité de faire amende honorable auprès du vigile – et aussi par le besoin d’acheter un pull en cachemire – je suis retourné au grand magasin le jour même. Le vigile était toujours là. En arrivant devant lui j’ai dit aussitôt “Je vous demande pardon pour ce matin, j’ai vraiment été stupide.” Il m’a regardé avec de grands yeux ronds, “Pourquoi vous dites ça ?”. Il ne me reconnaissait pas. “Oui, vous savez, c’est moi qui me suis un peu énervé tout à l’heure sur le fait que vous n’aviez pas regardé à l’intérieur de mon sac, alors je vous ai dit des bêtises mais bien sûr je n’en pensais pas un mot.” Son expression totalement ahurie prouvait qu’il avait sincèrement oublié notre altercation. Il m’a répondu “Non, mais y a pas de soucis hein”. Pour se débarrasser de l’homme étrange en train de lui faire des excuses au sujet d’une chose qu’il avait totalement oubliée, il m’a dit gentiment, et sans regarder dans mon sac, “C’est bon, allez-y, passez”. Je ne me suis pas fait prier. Une fois dans le magasin, j’ai pensé que je n’avais pas de chance avec ce vigile. Décidément, il ne s’intéressait pas à l’intérieur de mon sac. Du moins pas beaucoup. Ou de manière ambivalente.

— Pur présent —

Dans les premiers temps où je pratiquais avec mon chat le rituel du "à tout de suite", je me reprochais de ne pas faire honneur à son intelligence, me sentant coupable d'user avec lui de cet artifice tel un hypnotiseur malintentionné, "Quand tu entendras « à tout de suite » tu perdras la notion du temps et quand tu me reverras, tu ne sauras pas que je suis parti toute la journée, tu croiras que je suis revenu tout de suite !". Aujourd'hui, j'ai arrêté de me sentir coupable du rituel. Depuis le jour où je suis rentré chez moi et où j'ai découvert qu'en effet, après une journée entière passée dehors, il ne s'est pas écoulé une seule seconde entre le moment où, le matin, j'ai quitté mon chat des yeux et celui où, le soir, je l'ai retrouvé. Ce miracle est rendu possible par la rencontre de mon regard avec la renversante beauté de ce chat. Ce genre de rencontre se passe toujours au présent, se passe toujours tout de suite. En lui disant "à tout de suite" je ne lui mens pas, je lui rappelle simplement qu'il est sublime et que je le regarde.

— Mauvais guerrier —

J'étais jeune adolescent, assis sur la banquette arrière de la voiture que mon père conduisait tout en parlant à Gilles, son meilleur ami, assis devant. Je ne sais comment leur conversation en était venue sur le sujet des femmes et plus précisément de ce que Gilles appelait “la drague”. J’entendis mon père dire de manière assez catégorique “Il n’y a pas de citadelle imprenable, il n’y a que de mauvais guerrier”. J’étais abasourdi d’apprendre que les relations de séduction entre les hommes et les femmes étaient comparables à la guerre. C’était une mauvaise nouvelle pour moi car je me devinai un mauvais guerrier. Je soupçonnais mon père d’avoir dit cela à mon attention. J’étais le fils qui était passé à côté des trains électriques, je pouvais aussi bien passer à côté des femmes. En tout cas, j’étais le fils qui ne parlait jamais de femmes. Jamais depuis Malika. Le jour où ma mère avait ri, imaginant la tête de mon père s’il apprenait que j’étais amoureux d’une Malika, j’avais sur l’instant arrêté d’aimer Malika.

— Arbre seul —

J’ai vu un documentaire sur les arbres. J’y ai appris des choses fascinantes. Notamment que les arbres communiquent ensemble à travers un immense réseau de liaisons souterraines. Auparavant, je regardais les arbres comme des êtres éminemment solitaires, aujourd’hui, les sachant reliés les uns aux autres par d’invisibles et puissantes attaches, je suis moins attristé du spectacle de leur apparente solitude. C’est pourquoi la vue d’un arbre isolé m’attriste davantage. On voit ce genre d’arbre au milieu des champs. Il devait faire partie d’une ancienne forêt qu’on a rasée pour faire place à des terres cultivables, et le maître des lieux a laissé là un arbre, un seul arbre, pour faire de l'ombre près du local à outil. Un arbre relié à aucun autre arbre, parce qu'aussi loin que puissent aller ses racines, elles ne rencontreront rien d'autre que de la terre et de l'eau. Un arbre seul. Qui mange seul. Seul comme un chien.

— Magret —

J'étais revenu de Paris pour quelques jours de repos chez mes parents. Nous étions à table, mon père m'a dit "Regarde, ce dernier bout de magret, là, finis-le". Il s'est emparé avec sa fourchette du gros morceau de viande et l'a tendu vers mon assiette. Nous aurions pu partager mais mon père avait décidé que ce serait moi qui finirais. Lui qui adorait la bonne chère, il renonçait à un dernier morceau de sa viande préférée, le magret de canard, pour que je puisse, moi qui revenais de la capitale où je n'en mangeais jamais, me régaler encore de ce mets délicat. C'était la première fois que je prenais conscience d'une chose évidente. Mon père était un père nourricier. Il ne m'avait jamais parlé, mais il m'avait nourri. Oui, il m'avait nourri.

— Neutre plat —

J'étais, une fois de plus, dans le métro parisien. Le train arrivait à la station Sèvres-Babylone quand la voix enregistrée s'est manifestée de manière inhabituelle. La musique ascendante-ouverte descendante-fermée, pour cette station-là, n'avait pas été respectée. C'était une proclamation neutre, presque atone, du nom de la station, le deuxième Sèvres-Babylone ayant été déclamé de manière aussi neutre et aussi plate que le premier. "Sèvres-Babylone. Sèvres-Babylone." J'étais sous le choc. On ne pouvait pas nous faire une chose pareille ! On venait de retirer le tapis sonore de sous les pieds des voyageurs. Le monde vacillait. Il n'y avait plus rien à quoi se raccrocher. Pouvions-nous même être certain d'être vraiment à la station Sèvres-Babylone ? C'était presque angoissant. C'est pourquoi dans un mouvement qui me surprit moi-même j'ai dit à haute voix, rétablissant la mélodie, ascendante-ouverte-descendante-fermée, "Sèvres-Babylone / Sèvres-Babylone". Plusieurs voyageurs me regardèrent comme si j'étais un fou. Je me suis moi-même demandé si je n'étais pas, en effet, devenu un peu fou.

— Swatch —

Un mois avant sa mort, il se savait condamné, mon père me passe un coup de téléphone, "Salut fils, c'est à toi la montre Swatch avec le bracelet en cuir marron ?". C'est quand il m'en fait part que je découvre en effet l'avoir oubliée chez mes parents. "Ah oui, elle est chez vous ? D'accord. Elle ne m'a pas manqué. Tu sais papa, moi je ne suis

pas très montres." Mon père en revanche était très montres. Il en avait des dizaines qui affirmaient toutes son côté viril et sportif, des montres de mecs. C'est pourquoi je fus très surpris qu'il dise de ma Swatch, une montre assez fine, presque efféminée, "Ah bon ? Moi, je la trouve bien cette montre. Figure-toi que je la porte tous les jours en ce moment". Je lui ai dit "Moi je ne la porte pas souvent. Si elle te plaît, je te la donne papa.
– Ah bah merci fils. Non vraiment, elle est très sympa cette montre".

— Métis —

Dans les années de ma jeunesse, je m'étais amusé à écrire une chansonnette pour distraire mes amis lors de soirées festives. C'était ma seule chanson. Elle s'intitulait *Juif du Sud-Ouest* et racontait les embarras d'un fils élevé par une mère juive et un père périgourdin. La chanson faisait rire. C'était son ambition. Après tout, c'était la chanson d'un homme qui lorsqu'il entendait "amen" pensait secrètement "ta paye avec la mienne ça fera une bonne quinzaine". Aujourd'hui, me rappelant les paroles de *Juif du Sud-Ouest*, je reste stupéfait par un constat très simple. Je suis métis. Je ne me l'étais jamais formulé auparavant mais c'est ma vérité, je suis un métis. Je connais, en effet, la douleur du métis. Sa solitude. Son hésitation vis-à-vis de toute appartenance culturelle. Ses errances identitaires. Sa perplexité chronique. Son esprit critique. Ses élans paradoxaux. Son détachement obligé. Son identification systématique à toutes les minorités. Son incrédulité maladive. Sa plainte inextinguible. Son ambivalence. Oui, son ambivalence.

— Juif du Sud-Ouest —

J'ai un problème
culturel
Et même un peu
existentiel
Je suis juif
du Sud-Ouest
Je suis un enfant
d'Israël
Et pourtant j'ai l'accent
de Francis Cabrel
Je suis juif
du Sud-Ouest

Oh moun Diou Chalom
Oh moun Diou Chalom

Maman aimerait bien
que je devienne Rabbi
Papa préfère de loin
que je fasse du rugby
Je suis juif
du Sud-Ouest
Maman me dit "Écoute

les Tables de la Loi"
Papa me dit "Mais goûte
sur la table le foie gras"
Je suis juif
du Sud-Ouest

Oh moun Diou Chalom
Oh moun Diou Chalom

En ce moment je craque
pour une fille de Sarlat
Maman fera une attaque
si j'épouse pas Sarah
ou Rachel
ou Rebecca
une juive
du Sud-Ouest

Oh moun Diou Chalom
Oh moun Diou Chalom

— La leçon de vélo —

Papa, un jour tu t'étais mis en tête de m'apprendre à faire du vélo. Tu étais très sportif et moi je détestais le sport. J'avais peur du vélo. J'avais peur de tomber, peur d'avoir mal. Tu aurais voulu que je sois courageux pour cette leçon, mais c'était le contraire, je grimaçais de peur. Je me rattrapais au guidon comme à une branche au bord d'un gouffre. Tu me disais "Pédale plus vite ! Prends de l'élan ! T'arrêtes pas !". Et je voyais que tu voyais que j'avais peur, que je n'avais pas envie de faire du vélo, et je voyais que cela te contrariait, que tu réprimais un petit sourire désolé, affligé par ma douilletterie et ma maladresse. Je pense que sans le savoir j'ai voulu t'énerver, t'agacer, te contrarier, te navrer, t'exaspérer, te hérisser, t'horripiler, te porter sur les nerfs, te taper sur le système, papa. Et si, sans le savoir, j'ai voulu tout cela, c'était pour te décevoir. Je crois que je suis devenu maladroit et douillet uniquement pour te décevoir. Je pense que te décevoir a été une de mes grandes passions. Et si, sans le savoir, j'ai tant voulu te décevoir, ce n'était pas pour que tu t'éloignes de moi, ce n'était pas pour que tu continues à être silencieux, c'était pour que je devienne un problème. Ton problème. Je me suis saboté pour que tu me répares. Je n'ai pas trouvé mieux. Je me suis saboté.

— *Attachement aversion* —

J'aime que ce soit le matin, je n'aime pas être encore fatigué. J'aime que le ciel soit bleu, je n'aime pas savoir que demain il pleuvra. J'aime le café, je n'aime pas que le café soit mauvais pour les acidités. J'aime le contact de l'eau sur mon corps, je n'aime pas voir mon ventre dans le miroir. J'aime prendre l'air frais du matin, je n'aime pas le travail qui m'attend. J'aime être en harmonie avec mes voisins, je n'aime pas la manière dont ma voisine répond à mon bonjour. J'aime habiter cette résidence, je n'aime pas l'exiguïté de mon appartement. J'aime trouver une place assise dans le métro, je n'aime pas que l'air du métro soit aussi pollué que celui des boulevards périphériques. J'aime le regard de cette femme qui entre dans le wagon, je n'aime pas ses chaussures. J'aime. Je n'aime pas. J'aime. Je n'aime pas. J'aime. Je n'aime pas. J'aime. Je n'aime pas. Au secours.

— Front moite —

La scène se passe en 1942 dans le bureau de poste où le soldat procédera téléphoniquement aux vérifications des identités juives. Il demande au préposé de bien vouloir passer l'appel. Ce dernier s'exécute. Moment de confusion. Il y a un problème. Impossible de joindre le standard. Aucune tonalité. Silence. Rien. C'est la panne. Le nazi débutant est furieux. Tandis qu'il sort du bureau de poste, le préposé essuie son front moite. Il a eu peur. Il a risqué gros. Comme à chaque fois quand il fait ça. Car il l'a beaucoup fait. D'ailleurs, après la guerre, chacun lui rendra grâce de ce qu'il a fait des dizaines de fois avec des dizaines de soldats allemands. Il a saboté la ligne. L'employé des postes est résistant. Un soldat. C'est un faiseur de panne. Un faiseur de distance. Un faiseur de silence. À qui ma mère doit la vie. À qui je dois la vie. Un saboteur.

— Surpris —

À quelques heures de sa mort, je regardais mon père dormir dans sa chambre de soins palliatifs. Il avait toujours au poignet la Swatch que je lui avais offerte. Une heure auparavant j'avais pris l'air dans le jardin de la clinique, une fois rentré j'avais conservé mon manteau. Contre toute attente, mon père est sorti un instant de son sommeil de morphine. À peine a-t-il ouvert les yeux qu'il m'a dit "T'as pas trop chaud comme ça ?". J'ai répondu "Si ! Je ne sais pas pourquoi j'ai gardé mon manteau". Et là, j'ai entendu l'autre voix, celle qui sort malgré moi, la voix plus fluette, plus en retrait. J'aurais pu lui répondre avec une voix grave et rassurante "Si ! Je ne sais pas pourquoi j'ai gardé mon manteau". Mais il n'en fut rien. La voix fluette s'est imposée, "Si ! Je ne sais pas pourquoi j'ai gardé mon manteau". Ce sont les dernières paroles que je lui ai adressées. Le surlendemain, nous étions tous autour de lui au funérarium et au moment où les deux hommes des pompes funèbres ont commencé à refermer son cercueil, je me suis précipité vers lui sans savoir ce que j'allais faire, et c'est avec la même voix fluette que je me suis entendu lui crier "Je t'aime !". J'en fus le premier surpris. S'il m'avait entendu, mon père aussi en aurait été surpris. Il ne devait probablement pas savoir que je l'aimais. Avant le funérarium, je ne le savais pas non plus.

— Langue du secret —

Ma mère est juive séfarade. Séfarade est un mot provenant de l'hébreu médiéval, désignant la péninsule Ibérique. Mais les origines de ma mère ne sont pas espagnoles, elles sont maghrébines. Les parents de ma mère sont nés en Algérie. Mes grands-parents sont algériens depuis des générations. Des juifs algériens, des Arabes. Mon grand-père et ma grand-mère, entre eux, parlaient l'arabe et le parlaient quotidiennement. J'ai demandé à ma mère pourquoi elle ne parlait pas l'arabe. Elle m'a répondu "Mon père ne voulait pas qu'on les comprenne. Il préférait garder l'arabe pour parler à ma mère". Pour mon grand-père l'arabe était la langue des secrets. L'arabe, c'était pour dire à sa femme sans effrayer les enfants "les nazis vont nous tuer", "le gouvernement de Vichy va les laisser faire", "le train c'est dangereux", et probablement aussi "je t'aime".

— Ma petite Arabe —

Cette scène se déroule il y a trente ans. C'est la fête d'anniversaire des cinquante ans de mon père. Tout le monde a bu, tout le monde s'amuse. Mon cousin, disc-jockey de circonstance, diffuse un air oriental à la mode. Les invités se lèvent et commencent à danser. Gilles-le-meilleur-ami-de-mon-père essayant de danser comme un homme arabe, plaisante avec ma mère. "Tu es juive, mais par tes parents tu es arabe. En fait tu es une Arabe." Il se retourne vers mon père, et tout en dansant à l'orientale lui dit "Hé ! En fait, t'as épousé une Arabe !". L'assemblée des danseurs se met à rire. Mon père, qui n'a pas été le dernier à boire, prend ma mère dans ses bras, la fait décoller du sol, l'embrasse dans le cou et dit presque en criant, avec un rire féroce, "Ah ma petite Arabe ! Ma petite Arabe !". Ce jour-là j'avais vingt ans et ce fut la première fois depuis l'âge de quatre ans que je repensais à Malika.

— Déjà là —

Palais-Royal – Musée du Louvre / Palais-Royal – Musée du Louvre. C'est là que j'ai compris le secret des voix enregistrées. La première phrase musicale, ascendante et ouverte, tel un roulement de tambour, nous invite à la suivre quelque part, nous fait une promesse, ouvre un horizon. La deuxième phrase, descendante et fermée, résout l'énigme de manière soudaine et définitive. Si nous sommes sidérés par ce moyen habile, c'est que la phrase qui nous invite au mouvement et celle qui donne la résolution du mouvement se déploient l'une et l'autre avec les mêmes mots. Nous comprenons soudain que le lieu où la première phrase nous invitait n'est autre que l'endroit même où nous sommes déjà. C'est un tour de magie. Palais-Royal – Musée du Louvre / Palais-Royal – Musée du Louvre. On se croyait partis, nous sommes arrivés. On se croyait là-bas, nous sommes déjà là. En trois petites notes, la mélodie donne à voir l'illusion du voyage et la suprématie du voyageur. C'est la musique intérieure de tous les voyageurs. C'est la musique du *déjà là*, du *là,* du *je suis là*.

— Gisante —

Pour lutter contre l'obsolescence, j'ai toujours, à l'intérieur de l'amour, programmé l'obsolescence. Pour que ça puisse durer, que ça puisse continuer, que ça puisse tout simplement être, il fallait d'abord que ça finisse, que ça finisse une bonne fois pour toutes, et une fois que c'était fini, une fois que c'était derrière, une fois que c'était du passé, ça pouvait exister de manière définitive, être à jamais présent. Comme la télécommande encadrée. Morte, mais toujours présente, derrière son coffrage. Comme une gisante.

— Arbres seuls —

En ouvrant le journal, j'ai souvent une pensée pour le père de ma mère qui savait lire entre les lignes et qui grâce à cela sauva sa famille. Tous les matins en ouvrant le journal je me dis qu'un jour, peut-être, je devrai te sauver, toi aussi. Toi, la femme en train de boire un café dans la salle à manger. Ce matin. Je me souviens de notre premier rendez-vous. Place de la Bastille à dix-neuf heures un vendredi. Tu es venue. C'est tout. Je ne t'ai pas présenté de condoléances. Et nous avons aimé manger ensemble une glace à la framboise. Et tu m'as dit que tu aimais bien ma deuxième voix, celle que tu appelles ma “voix d'enfant”. J'ai compris que je n'avais plus besoin d'autoriser qui que ce soit à me faire souffrir. J'ai compris que tu n'aurais d'ailleurs jamais envie de me faire souffrir. Que tu n'étais pas une citadelle. Que je n'étais pas un guerrier. Je ne suis qu'un arbre seul. Et toi aussi tu es un arbre seul. Je ne sais pas si, sous la terre, se touchent nos racines mais je sais que le chat se promène entre nous et que nous le trouvons beau. Et ce matin, quand j'ai remis en ordre la couette sur le matelas, j'ai regardé mon lit simplement comme un lit, pas plus. J'étais content de ne pas y être allongé, content d'être réveillé. C'est peut-être ça, tout simplement, être l'homme le plus heureux du monde.

— Ajouts à la liste —

Ne pas oublier que mon père m'a aimé, check. / Ne pas oublier que j'aime mon père, check. / Ne pas oublier de dire à l'amie qui m'a cru capable de devenir l'homme le plus heureux du monde qu'elle avait raison, du moins un peu raison, du moins raison de manière non ambivalente, check. / Ne pas oublier d'acheter les croquettes, check.

— Un autre silence —

Passant devant la vitrine d'un vieux magasin qui n'a pas bougé depuis les années 1970 j'y repère un très joli pull en cachemire. J'entre dans la boutique. L'ouverture de la porte fait retentir une sonnerie des années 1970. Il n'y a personne dans le magasin, pas de client, mais pas de vendeur non plus. J'attends quelques instants sans bouger, le temps que le tintement de la sonnerie s'atténue et fasse place à un silence de moquette. Personne n'arrive ni de l'arrière-boutique ni de la rue. Je suis seul dans le magasin. Il n'y a pas beaucoup de lumière, pas beaucoup de marchandises, pas de musique non plus, seulement le tic-tac d'une horloge murale. Je repense à la Swatch au poignet de mon père. Je me demande si elle donne encore l'heure. Tout dans la boutique n'est plus qu'attente, mais une attente pure, sans désir de réponse. À tous les reporters attendant la question le doigt sur l'oreillette il est enfin permis de ne jamais répondre. Tout est suspendu. Le commerce. Les projets. L'agitation. Et je suis là. Pour la première fois je n'ai pas envie de connaître la suite. Je ne suis plus inquiet. Alors, très doucement, et en toute conscience, au milieu du magasin, je me mets à siffloter.

DANS LA MÊME COLLECTION

Élise Noiraud, *Élise*, 2020.
Paul Verrept, *Raz de marée* suivi de *Marée basse*, 2020.

OUVRAGE RÉALISÉ
PAR L'ATELIER GRAPHIQUE ACTES SUD
REPRODUIT ET ACHEVÉ D'IMPRIMER
EN FÉVRIER 2021
PAR L'IMPRIMERIE CORLET
À CONDÉ-EN-NORMANDIE
POUR LE COMPTE DES ÉDITIONS
ACTES SUD
LE MÉJAN
PLACE NINA-BERBEROVA
13200 ARLES

DÉPÔT LÉGAL
1re ÉDITION : OCTOBRE 2020
N° impr. : 21020190
(Imprimé en France)